VIVIANNA鑲鑽手鐲腕錶 由瑞典著名設計師薇薇安朵蘭所創造的Vivianna手鐲腕錶推出全新鑲鑽錶款，錶面邊緣飾以與眾不同的美麗人性幽雅自信，進一步演繹Vivianna手鐲腕錶清淡典雅、潔淨純樸的風格，也保留了Vivianna最初設計手錶的理念；挑戰手錶設計的原點。

貓

關於貓的詩（一）

有不理你的美

Cat Poems

林煥彰・著　| Huan Zhang Lin

貓詩人　貓畫家

──自說自畫，你可以不喜歡

貓，不好懂，可以給你很多想像；

詩，不好懂，也可以給你很多想像……

二十多年前，有位朋友在德國教書，把我寫貓的詩介紹給她的大學生欣賞；學生問她：你們台灣也有貓詩人嗎？後來，我就為貓寫了更多的貓詩，成為「貓詩人」。再後來，我也為貓畫畫，畫很多貓畫，我自己說：我也是「貓畫家」。再後來，我開了「貓的詩貓的畫展」，青年詩人林德俊稱我「貓的心理學家」；我很高興。當然，我知道，這是鼓勵的話，我會繼續寫更多貓的詩、畫更多貓的畫。

現在，我把這些「貓詩」、「貓畫」放在一起，又加上「詩外玄想」，編成這本書，希望你會喜歡。當然，你也可以不喜歡……

（2010.06.18上午回宜蘭開會，在首都客運車上寫的。）

P.S.林煥彰，1939年生，宜蘭人；詩人、畫家，也是兒童文學作家。

貓有不理你的美。

CONTENTS

CONTENTS

 我是貓（一）

貓有不理你的美，

也有，懶得理你的權利；

我是貓，我

可以不用理你。

 詩外玄想

貓有情緒，貓是複雜的，有某些女人的特質，也像詩，耐人
尋味。

...Cheng is a modernist architect, which can be largely traced back 1960s when he studied at National Cheng Kung University (NCKU) ...der the influence of Mr. Chung-Ming King. Mr. King regarded ar-tecture as the spirit of time, which is manifested through the man-...ement of time, content of our lives as well as reform and renewal. *...ence, architecture can only create the forms of today."*(Chung-Ming ...g 2004: 83) Mr. Chen's work is not bound by tradition, are not ...listic pursuits and presents modernity through "tectonic" features ...tead; this remains true even after so many decades.

...w Mr. Cheng studied architecture was different that most, others ...ished their schooling before practice, while he practiced before he ...shed his schooling. Regardless of whe... ...a was at Cheng Kung ...iversity or when he studied abroa... ...st, he already has ...n a wealth of professional expe... ...lows him to have ...ws of architecture that are free fr... ...de... ...raint. Mr. Cheng ...died abroad in the 1960s, the ... when ...n architecture ...s in its final struggle in the We... ...when M... ...masters such ...Frank Lloyd Wright, Le Corb... ...Walter Grop... ...ies ...an ...he still exerted tremendous ... ...ce. Mr. Cheng ... ...wit-...land (1964-68), and then U... ...68-1970). At Bos... ...ridge ...ether with C. Y. Lee, Chin... ...hung-Yi Hwa and ... ...hung, ...Cheng founded Atelier ... ...ridge which went on ... ...he first ...e in the competition to d... ...gn the Chinese Pavilion (1968) (Figure ...0) for the Osaka World ...o; the design already displ... ...ometric aesthetics and c...struction logic.

...Cheng's nature is to be restrained, goes ... ...thin... ...tematically, is orderly, and values method of consu... ...etail ...r theories and styles of architecture. His view on architecture is

closer to Mies's concern for tectonics; he is particular about materi-als and technique. As architecture is a tangible container for living, a form of construction art, its very creation cannot be without technol-ogy and material. Only through the constant innovation of new ex-pression in construction, can shackles of the customary be left behind. Mr. Cheng understands this reasoning... ...from the issue of fashionable architectural forms, he p... ...tenti... ...modern materi-als and technique, pursues the tr... ...life and ...ponds to Mies's (1961) famous words in his arc... ...ural works:

"Form is not our problem b... ...struction. Form is ...our goal but results."
"The mission of architec... ...s not looking for form b... ...truth".

Mr. Cheng's architect... ...s concerned with the overall ... of the meaning ...esse... ...e tectonics, and does not pursue ...erficial for... ...said, *"Truth is the significance of ...* Be-... ...resses the will of the times spatial... ...is ... ...vividly real. On the other hand, techno... ... ...g in the sense that is the cultural attribut... ...w... ...truth of the Modern world.

From very early on, Mr. Cheng has an interest in construction. From the early Taiwan Catholic ... ...t Center (1962) (Figure 11-21), which ... ...ed just ... ...ation from Cheng Kung University, it is ...den... ...at in... ...to... ...ccinct geometrical forms, the interest-... light wells ... ...ck of the main hall, interior free standing staircase, rom... ...d concrete blocks, and small meeting room enclosed with quality red bricks, collectively create a pre... ...us spatial quality that is rarely s... ...the time. In the ...s, after his return

3-10
日本大阪博覽會
的設計競圖 (196...
...etition to design
...nese Pavilion for
Osaka World expo...

...生是個現代主義的建築師，大致可以追溯... ...年代大學生時期... ...金長銘先生的影響，他認為建築是一... ...代的企念，這個... ...空間的控制、生活的內容、... ...和更新而表現出... 。因此，只...創造屬於今日的形態... ...金長銘2004：83) ...先生的作品不... ...傳統，不追求形... ...以「構築」的特... ...來呈現時代性... ...十年... ...始終如...

...生學建築與一般人不... ...，別人是先學校後實... ...他卻是先實務...校，不論是在成... ...學生時期，或是在歐美... ...學時期，他皆有...事務所經歷... ...讓他對建築的看法不拘泥... ...學院。陳先生出國留...在1960... ...代，這段時期歐美的現代... ...建築正在做最後的掙...Fra... ...Lloyd Wright, Le Corbus... ...Walter Gropius, Mies...Rohe等現代建築大師仍有... ...的影響力。陳先生先去瑞士...64-68)，再赴美國(1968-70)... ...在波士頓劍橋的學生時期與李...原、白瑾、華昌宜、熊起煒... ...組成Atelier Cambridge參與日...阪博覽會中國館的設計競... (1968)(圖3至10)，榮獲首...生性統...

...上呼應... ...沒有形式的... ...造的問題。形式不是我們的目標，而...結果。
「建築的... ...在形式，而在尋找真理。」

陳先生的建築注重構築整體的真實意義的表達，而不在表面形式上的追求。如T. Aquinas說：「真理是事實的意義所在。」(Truth is the significance of fact)因為建築是時代意志在空間上的表達，是可變的，常更新的，也是活生生的。另一方面，技術卻具有真實的意義，技術即是現代人的文化表徵，技術是現代人的目標，亦是真理。

陳先生很早就對構築發生興趣，從他早期在成大剛畢業完成的台東...學生活動中心(1962)(圖11至21)的作品上可以發現...該設計... ...同形體與大... ...前後有趣的挑空光井之外，...自由懸... ...花格空心磚、高質感的清水紅... ...聚...了當時少... 。1970年代他留學... ...後設...

 # 我是貓（二）

我是貓，不是你的朋友

也可以是你的朋友；

因為，我是貓

我有不理你的美，

也有可以理你的美。

我想進入你，心的洞穴

 詩外玄想

貓是複雜的，人不也是；貓是自私的，人又何嘗不是？

太陽馬戲團來了???

貓有多美？貓有不理你的美。 林誼彰

貓當哲學家

貓想當哲學家，並不難；

我的貓說：

只要你不說話，

靜靜的坐著──

就這麼簡單。

詩外玄想

哲學是一種思考，為了探索事物的本質、洞察人生
的道理，思考就是哲學家的主要工作吧！

🐱 貓當詩人

貓想當詩人，也不難；

我的貓說：

只要你瞇著眼睛，

靜靜的想一想──我的魚呢？

 詩外玄想

詩人大都不務實際！至少我就犯了這項缺點；老想著沒有的
事，一生註定來去空空。

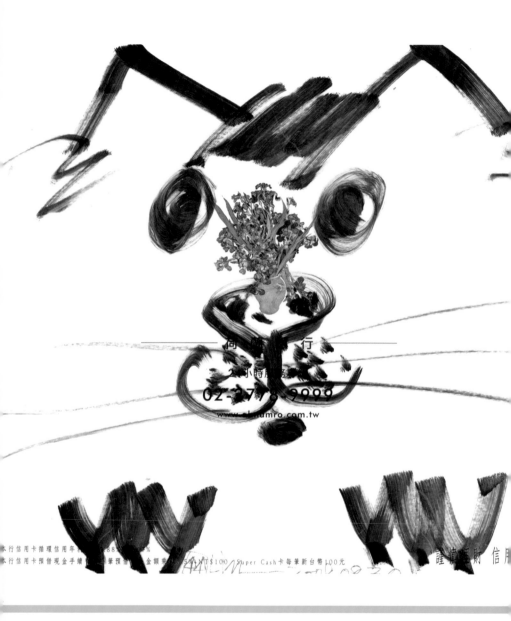

貓當畫家

貓想當畫家，也很容易；

我的貓說：

主人寫字的時候，

在紙上踩一踩──就行了！

 詩外玄想

貓的腳底肉墊，如沾著墨汁在宣紙上踩一踩，不就完成一幅
墨梅嗎？

 貓當情人

貓想當情人，也很簡單；

我的貓說：

只要我願意，跳到你的懷抱中──

喵喵，喵喵喵……

 詩外玄想

貓如果可以當情人，牠應該是最擅長撒嬌；情人要的，就是
撒嬌。

我的貓的愛情觀

我的貓，也有牠的愛情觀；

牠說：坐下來

什麼都別做，

我抱抱你，你抱抱我；

這就夠啦！

就這麼簡單。

 詩外玄想

談戀愛的時候，最好什麼也不必做，整天都膩在一起就好了。

前世的愛人

一隻貓，沒有事

牠只坐在那裡，

甚至閉上眼睛，坐著

你以為牠在想你，

其實，是你在想牠

牠是你前世的愛人。

詩外玄想

人常會自作多情，以為貓也跟你一樣；那你就上當了。

🐱 不想也是想

總是這樣想，哪樣想？

因為，我看到的你
就是這樣那樣，閉著眼睛
坐著，沒有理我

總是這樣那樣，就不想了

詩外玄想

我在和我心中的貓對話，其實，我在和我自己對
話；是沒話找話，也是一種思考。

修身養性

睡過一覺的貓，還在睡

你不用懷疑；

這就是修身養性，也是我

不是什麼好脾氣的一種好脾氣

常常看著牠這樣那樣賴著睡著，你說

你能拿牠怎麼樣又能怎麼樣？

詩外玄想

被豢養的貓，有權利二十四小時都在睡覺；

最少我看到的時候，牠都是這樣。

貓，面對
孤獨

貓，在客廳
孤獨和客廳一樣大
牠走進臥房
孤獨走了一些
牠走書房
孤獨又真了一些
牠走走廚房
孤獨又變得更小了……

貓，在廚房
我到一條塑膠魚
牠和塑膠魚玩
牠在書房
我到一隻塑膠老鼠
牠和布老鼠玩
牠在臥房
我到自己的影子
牠和自己的影子玩…

貓的眼睛

在黑夜裡，什麼都可以不要；

牠只要兩顆寶石一樣

發亮的眼睛，穿透夜的時空

孤獨寂寞，都不用害怕；

你知道嗎？夜被牠穿透兩個大洞

黎明提前放射兩道曙光。

 詩外玄想

在夜裡，我看到的一隻黑貓，只有兩顆發亮的眼
睛，感覺整個夜晚都是牠的。

貓是貓的愛人

不為什麼，只是為了寂寞和孤獨

我的貓咪，學會了寂寞和孤獨，又享受孤獨和寂寞

其實，也無所謂

孤獨和寂寞；牠只是喜歡靜靜的守在

我的無聲的心裡，我的無聲的城堡

多半的時候，牠是過慣了自己

獨來獨往，即使是無所事事，事事無所

走出我的心，也還會再走回我無聲的城堡

你想像牠就在你身旁，黏你，磨你，不也

未必分秒都在；

牠不黏你的時候，你也別想黏牠、磨牠

貓是貓的愛人，我的愛人也是貓；

牠去遠行了，牠帶著我，是牠唯一必備的行李

一起去遠方，牠去的，很遠的地方……

 詩外玄想

貓是貓的愛人，人也可以成為貓的愛人。

關於貓的詩（一）

貓有不理你的美由30 1995-2003

「當代台灣…

「台北市…立美術館

…因緣際會直接連…

具國際性的展演平台…雙年展」發聲，全…

今已累計…分別邀請藝術（1995）、

「…台灣：面目全非…（1999）…

心感…

…2…年6月…

結這五…以及參展藝術…

展作品為主，…文性的回顧，…

對1995年至2…期間「台灣當代藝術…

再一次的…，進而思索90年代…

…藝術發展的文化、社會、政治…

2005年第五十一屆威尼斯雙年展台灣館展…

由的幻象（The Spectre of Freedom）及…由

王嘉驥策劃，邀請高重黎、郭奕臣、林欣怡、崔

廣宇四位藝術家參展。展覽日期為6月12日至

11月6日，展區為義大利威尼斯普里奇歐尼宮。

PANOPTIC…

林…工」網路裝置

第五十…希望藉由這幾位…

術家在作品所展現的人文關懷，不僅從台灣社會的歷史

與當代情境出發，更對全球化脈絡下的台灣今日城市，乃

至於未來網路世界的展望，各自提出別具一格的社會觀點

與美學觀照。

高重黎「反美學」

郭奕臣「入侵普里奇歐尼宮」錄像裝置

【南方建築論壇演講系列】

廖偉立演講「渾建築」

主辦：台灣省建築師公會台南市辦事處

協請：台南藝術大學建築研究所

時間：6.21晚上7：30-9：00

地點：台南藝術大學藝象藝文中心

主持人：劉木賢建築師

演講人：廖偉立（立．建築師事務所主持人）

演講大綱：現象二十一／雜木林／渾建築

獎勵民間既有建築物綠建築改善

甄選活動

主辦：中華建築中心

時間：6.30 前報名

洽詢：http://www.cabc.org.tw

依據內政府…年內營建字…

09400828571 號…度獎勵民間綠…

建築…行政院於93年…

7月29日台建字第…核定…

建築推動方案，之…民間建築…

善示範工作，…理民間既有建築…

範補助案件之申請。相關資訊上網查詢或索…

電中華建築中心：（02）86676398*133…

申請內容網站：http://format.com.tw/arnie/
demo/gb/index.htm

富邦講堂「旅遊文學」及「表演藝術」

主辦：富邦藝術基金會

時間：6.9-7.1 週五晚

地點：富邦人壽大樓 B2

場次：

『城市的文明行旅』

韓良露主講

6/17 英國－愛丁堡的迷霧與清明

6/24 波蘭－克拉科的細緻與沉靜

7/01 比利時－布魯塞爾的宏偉與渺小

『Musical on line關於芝加哥的幾種閱讀』

…朱靜美主講

6/0…的…士－鮑伯佛西的舞台與銀幕世界

6/…加哥音樂劇曲式解析

6/23 一網搬的完成

『…化與休閒產業…趨勢】

…的…空間美學

時間：6.1…下午2：…30 洽詢：（02）26271…

…南店二樓視聽室

主講：黃…彰（統一佳佳股份有限公司／副董事長）

呂明穎（…翔設計工程有限公司／設計總監）

「SEE．戲」教育展

主辦：國立台灣美術館

時間：4.30-10.30

地點：國立台灣美術館「藝術工坊」

一般的展覽，多在呈現美學、風格流派、美術史或是藝術家的成就，該館看…

看為主要訴求所規劃的這項教育性質的展覽，試圖突破作品崇拜，以及多數…

間刻板…的開思維，強調「直接參與、互動溝通、詮釋與分享」，以多元…

的多樣性，同時…官－觸覺、聽覺、嗅覺、味覺、視覺的重新甦醒，用…

…自己的…

…以具有藝術…背景與經驗的團隊，共同規劃相關的展示、訓練和體驗…

…相關…觀看」的當代創作、活動與觀眾分享不同經驗。…

…代藝術創作「第二子宮」、「數位拼貼」、「軟模組的建築術」…

HOME…影…影」組成，作者包括吳瑪俐、陳昇志、陳冠君、黃海…

…北…照片特展

…市文獻會、臺北二二八紀念館

時間…

地點：臺北二二八紀念館地下一樓特展室

在…代，臺北人口不多，…廠少、綠地多，公園建設寥若晨星，臺北…

…臺北公園、…童公園、…兒童樂園、螢橋公園等五處而已。…

…成廢墟，致公園建設不多，僅有北門公園（…

…（老松公園…至民國60年，直轄市成立後，公園建設責有專司，…

…來的…如空氣污染、噪音擾人等，日甚一日，為求生活…

…為重要施政之一。此次展將臺北公園之今昔，新…

…發現圓山…進新公園…輕鬆筋骨來泡湯、看見植物園、跑跑競…

…元，約計100幅新照片對照，歡迎各界朋友蒞臨參觀指導。

6.4 …7.24

張元茜 Cu…ta, Yuan-Chien CHANG

台北當代藝術館「膜中魔」展覽…

主辦：台…化局、當代藝術基金…

時間：6.4-7.24

地點：台北當代藝術館

…資深策展人張元茜以嶄新觀看，詮…用三度空間…

…的想像。本展…以…術藝術作品…，有…

…陳…志、王…書、陶茲…秀如、…顏忠賢…

…藝術…形的「膜」存在…及其…

…看者的感官經驗。在展覽空間中，可見到橫跨二度繪畫…，將…

…板，以製作所…顛覆一般所謂的立體、…錯覺…

…膜中魔」即以援用、延伸製造多種類型的想像力，並達到引…

…，讓民眾在同一空間觀看作品卻有著多元呈現的視…

…身體驗卻無法想像的空間質感。

〔‧新潮流」2005台北電影節

中山堂、□□戲院

、文化局□□辦的「台北電影節」，近三年皆由國際知名導演侯孝
影文化□□」負責策劃執行。不僅樹立了獨一無二的影展特色，
速的□□文化活動。過去三年，成功地以「城市」為題，透過電
議其□□家的文化，包括巴黎／布拉格（2002）、京都／墨爾本
「□□、維也納（2004），都接連成為市民關注的焦點。今年的主題
□□「莫斯科」與「□□□
□□精粹與城市文化，「台北電影□□推展本地影像創作也
□100萬元的「台北電影獎」培植了許□□□□有才華的導演；
□□ 為題的「台北主題獎」則鼓勵了無數□□拿起攝影機來創
□七屆的「台北電影節」規模更加擴大，新增□□國際青年導
□北電影節」成為目前台灣唯一設有劇情長片國際□□的影展。
□□也計畫邀請每一位入圍導演訪台，與本地媒體及觀□□，促
□也讓影迷對世界各國的電影新潮有更多的認識。
□」將於6月25日起展開，開幕片是代表台灣5月出征坎城影展
□的時光》，閉幕片則為2004年在俄羅斯打敗所有好萊塢□□□
□友》（Night Watch）。另外，主辦單位更設計了10場「俄□□
□俄羅斯文學、藝術、戲劇、建築、電影等不同議題的專家□□
□化的魅力所在。

□□理東格學術研究研討□
□與都市規劃學院

□□館演講廳

□□□一部份，也與人文資源之發展息息相關，且為全球環境永續
□國內有關水與綠環境之□□□□限於永續發展策略及指標、發
□規劃與設計準則解析，□□□好、生態及淨化效益等層面。
□討休閒遊憩和水景營□□□□合型準則尚未晉公開發
□於本土性應用的開發與□□□□□足。中華大學以現有的團隊
□畫之架構下，以不同的觀點、思維、方法，分別就休閒遊憩、
□系統、景觀規劃、綠營建、防災等層面進行探討。

2005 □健康城市國際研討會徵求摘要

主辦：成功大學健康□□研究中心、台南市政府、台南市
健康城市推動委員會

時間：7.10前

洽詢：（06）2353535*5869

研討會將於2005年10月7-9日假國□□
杏廳舉辦。會議目的：瞭解健康城市□□
勢，與健康城市專家學者交流及□□□□
徵求議題：1.健康場所，如健康社區、健康職場、健康促
進醫院、健康促進學校、健康部落、健康市場、健康島
嶼…等。2.健康城市推動策略，如跨部門合作、社區參
與、創新／革新、建立健康的公共政策…等。3.健康城市
議題，健康類如健康生活營造、社區防疫、無菸城市…
等；環境類如健康環境與空間營造、城市綠美化、安全通
學…等；社會類如社區照顧、社區藝文、古蹟活化□□
安全…等。
投稿須知：1.中文摘要3□□□內，請於2005年□□□□
前e-mail至hc2005@nldr.ncku.edu.t□□□審核結果將於
2005年8月1日於網站公佈□□□行通知。3.□□□□□
者請於2005年9月1日前繳交英文□□□□報告投影片
（power point）。4.摘要格式請□□市健康城市網站下
載：http://www.healthycities.ncku.edu.tw

□懸懸淡水」畫作收藏展
□：順益台灣原住民博物館
□□：5.24-6.26
□□：順益台灣原住民博物館B1特展室
□乃為早期人們對淡水地區的稱呼，自古至今淡水獨
□風情文化，不知吸引了多少藝術家而在此駐足、取
□了表現出「它」的美，進而產生一幅幅源遠流長且
□性的畫這behind□記錄，順益台灣原住民博物館長久保存著
□歷史洪流當中的些記錄，藉□□□□□□□作品
□，參觀者能夠更加了解早期台灣□□□□理想，
□，受□□□□□□ 中的「淡水□□□□□術的觀點
□□□□□□□□□ 受□□□□□□□對於「淡水□□□□同的表現風格。

中原大學 建□□

中原大學建築學系畢業展
主辦：中原大學建築學系　　時間：6.14-6.19　　地點：台北市立圖書館B1展覽室

時間：6/14(星期二)~6/19(星期日)
開幕茶會：6/15(星期三10:00)
網址：http://std.arch.cycu.edu.tw/
~41th/index.htm

31

共相關展覽、講座、研討、徵件等各類活動資訊，請直接e-mail新聞稿及圖檔250dpi以上至 dialogue_arch@yahoo.com.tw 即可。

 貓話

面子問題，貓很在意；

牠要你稱讚牠——

你是我不可取代的。

 詩外玄想

貓話人話鬼話神話，都差不多；其實，

面子問題不只是貓在意而已。

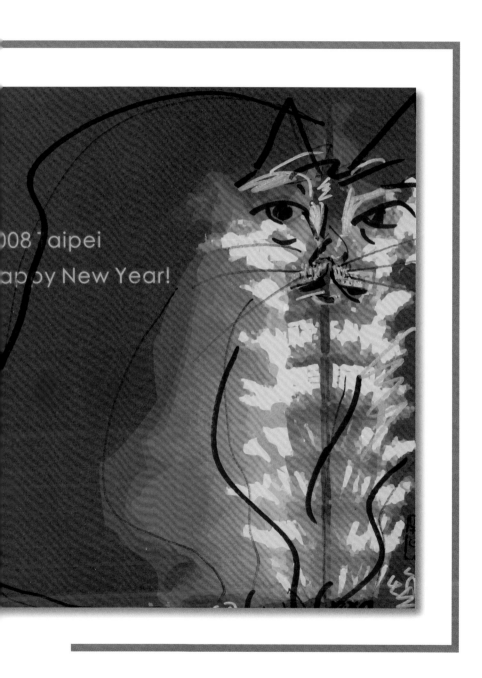

008 Taipei

apoy New Year!

貓的問題

你說，貓有問題；

牠說：

人人都有問題。

但牠不承認自己有問題。

這就是標準的

貓的問題。

 詩外玄想

說貓的問題，也說人的問題；詩是很好「借用」
的，是無用之用。

自大的貓

霧來了

霸佔整個港口整座城市……

我的貓說：我最大

山算什麼？海算什麼？

天空算什麼？人算什麼？

 詩外玄想

桑德堡的〈霧〉是首名詩，他借貓寫霧，我借霧寫
貓，說貓的壞話。

 試說貓的壞話

貓有哲學家的樣子，

貓有詩人的壞脾氣；

請你不要告訴別人，

我只有告訴我你。

詩外玄想

貓有迷人的神秘感，我試說牠的壞話，是不應該的；好在跟牠
開玩笑，不傷感情吧！

易經有問題，
但不承認
自己有問題；
這就是標準
的易經。

Dialogue 影像徵件

本刊即日起徵求攝影……作品，
請……照片寫下你對……陶的情感和觀點，
或是說一點故事……

舉凡旅遊……都會風……
皆可……
無論……、表現……或者後現代
都可……

來稿請將 300dpi 之數位檔案照片 3-5 張存入電腦光碟，並附上作品標……及圖說每張
……字以內，……含姓名攝影……對象，以及您的個人資料（本名、筆名、……歷、聯絡電
……都收……到……姓……明「攝影投稿」字樣），本刊不進行退稿，來稿如獲採用，將
……10 台北市信義路 4 段 413 號 12 樓 Dialogue 建築……編

貓什麼也沒做

整天睡覺，當然不好；

如果一定要幫牠說點兒什麼，大概只能說：

牠晚上太累了吧！

至於牠做了些什麼，那就不便多說

真的，不說也罷！

 詩外玄想

貓的曖昧也等於詩的曖昧、人性的曖昧……

孟昭光畫室
地址：台北市基隆路二段48號4F.
電話：(02)8780-2689・0912595886
E-mail：carolinemong@yahoo.com.tw.

失眠的貓

失眠的貓，

給自己找到許多理由；

有一隻臭蟑螂，故意逗牠鬍鬚，玩牠

有一隻小老鼠，故意學牠喵喵叫，氣牠

有一隻死豬，故意用凸出的白眼，瞪牠

有一隻牠愛過的母貓，

故意向媒體爆料，說牠愛死了牠

失眠的貓，

每個晚上都失眠；

每個晚上都會有

許多失眠的理由──

 詩外玄想

貓給人的印象，大都是在睡覺；牠會失眠，可能成為大新聞！
連貓都不會相信。

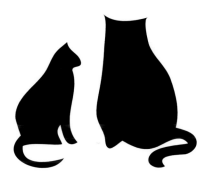

談戀愛的貓

談戀愛的貓，

有談戀愛的樣子；

不談戀愛的貓，

也有不談戀愛的樣子；

談戀愛的貓，到底是

什麼樣子？

不談戀愛的貓，又是

什麼樣子？

我說，牠們都是牠們

原來的樣子。

詩外玄想

一堆廢話，也是話；在我們日常生活中，你說過了多少的廢話？

談，不談戀愛的貓

——貓的戀愛經

睡覺是最重要的事；

其次是發呆，再其次是吃——

和相愛的貓在一起，是可有可無；妳別以為

沒有妳，我會死！

 詩外玄想

酷貓，便有酷貓的想法；我想像牠們的戀愛觀就是這樣，你

覺得怎麼樣？

 貓夢

我的貓，做了一個夢；牠說跟我無關。

我的貓，跳到窗台

直對窗外瞧，把我丟在沙發上；

忘了我曾是牠的睡墊

雲，在天上游

海，在天上藍

太陽在海裡搖晃

Piggy ... 西錢筒

日本 ... 造型門擋

A815060 世界 ... 5,30...
A825060 ... 兌換：5,...

... 書報箱

可放 ... 玩具
尺寸：直 ... 23× ...
附內桶
A8 ... 70 世界 ... 白金卡兌換：5,200點
A8250 ... 金/普卡兌換：5,400點

← 日本ELECOM動物尾巴清潔刷

材質：海貍刷 - 尼龍刷 - ... 能刷 - 羊毛刷
尺寸：直徑3.7×長6.5cm(不 ... 刷毛)
(2007/11/15後開放兌換)
A81 ... 260 世界卡兌換：8,100點
A805 ... 白金卡兌換：8,400點
A82526 ... 金/普卡兌換：8,600點
A805261 ... 白 ... 100點+NT$525

如果在晚上

星星也會，在海裡變成魚

我的貓做了一個夢；牠說跟魚有關。

詩外玄想

貓是自私的，連做夢都不會想到你。

2006.1.15 Lin

我的貓和我的夢

今晚的氣象預報說：明天氣溫，會向十度探底。

我的貓睡覺時，牠已緊緊的抱住自己

我也該學學牠，把自己緊緊抱住。

如果牠今晚要做一個夢，我想

我也會學學牠，做一個夢吧！

如果我的貓夢見的是一條魚，我想，我也該夢見
一條魚。

很久了，我沒做過任何一個夢

即使是在最後的一個夢裡，

我夢想的魚，也沒有出現

我的貓的夢裡，應該會有魚

我也希望我的夢裡，會有一條魚──

魚是生命中，應該有的生命。

詩外玄想

我希望我的貓和我，是一體的；所以，我想像的我的貓的夢，

和我也是一體的。

愛睡覺的貓

愛睡覺的貓，

是幸福的；

不愛睡覺的貓，

有問題——

聰明的老鼠，牠們

早就睡覺去了！

 詩外玄想

我們習慣認為老鼠像小偷，晚上才出來活動，所以
貓晚上不睡覺，是為了抓老鼠。其實這是錯誤的。

貓的中秋夜

我家的貓，在屋頂上，和牠的好朋友談戀愛；

「今天晚上的天空，是屬於月亮的；

妳是屬於我的，我也是屬於妳的……」

談著，談著，這個晚上，都屬於牠們的

——好吵哦！

詩外玄想

你看過貓談戀愛嗎？牠們好像要讓全世界都知道。

2005.8.21

看貓睡覺

看貓睡覺，

你要有一定的修養──

首先，你必須尊重

尊重貓有各種不雅的睡姿，

因為牠會四腳朝天

露出肚臍眼；

其次是，你必須不可發出聲音

因為牠的甜蜜的睡姿

會讓你忍俊不住，噗哧噗哧

暴笑如雷；

再其次是，你不可以去觸摸牠

小心有人會告你，性騷擾

因為牠的性感睡態

實在太迷人！

再再其次，你不可以為牠吃醋

因為牠老愛佔人便宜

總認為窩在人家的愛人身上，

那才是真正的幸福；

還有，還有最後

最後

也是最最重要──

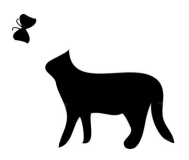

你最好也學學牠，

把眼睛瞇起來，輕輕躺下

就躺在牠身旁，想像和牠一樣，

窩在你愛人心上⋯⋯

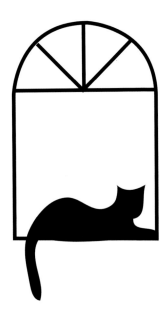

 詩外玄想

想像幸福的感覺是怎麼樣？和貓睡覺一模一樣──

2005.3.6

Hi-Fi音響

、6種DSC數位音效控制、

RW/MP3/WMA

,200點
,200點
7,400點

SONY Walkman 1GB

快速充電三分鐘即可聽三小時，
一小時完充100%電力，可連續播放30小時，
3行彩色OLED螢幕顯示，可儲存高達650首歌曲
尺寸：8.3×2.2×1.3cm
顏色：紫/黑/藍/金/粉紅(隨機出貨)

A813130 世界卡兌換：46,900點
A803130 白金卡兌換：47,900點
A823130 金/普卡兌換：48,100點

Panasonic數位無線電話

具有來電顯示功能，可記憶50組號碼、
9組單鍵撥號、熱線直撥設定，50組電話簿及　　設
＊若改款則以同級商品替代
A813230 世界卡兌換：30,000點
A803230 白金卡兌換：30,600點
A823230 金/普卡兌換：30,800點

LASONIC數位電子相框

吋面板，支援SD/MMS/MS記憶卡，
影像播放功能，超大時鐘萬年
　×19×4.5cm
附

A813060 世　　　　　　點
803060 白金卡兌換：47,　　點
金/普卡兌換：47,400點
　　NT$2,950

900點
900點
100點
+NT$3,680

Lexmark彩色多功能複合機

列印解析度：黑色1200×1200dpi/彩色4800×1200dpi，
黑白15cpm/彩色5cpm，掃描解析度光學600x1200dpi。
，掃描、讀卡插槽與PictBridge。

※若改款則以同級商品

3220 世界卡兌換：

A803220 白金卡兌換：48,70

A823220 金普卡兌換：4

Samsung

水晶

世

A80

A823280 金/

元氣豆豆博視燈

超可愛元氣豆豆設計，3M專利第二代Polarizing Light濾光片，
解決眩光問題。省電護眼燈管，LED夜燈設計。
尺寸：50×25×19cm
顏色：黃
若改款則以同級商品替代

3270 世界卡兌換：41,100點

A80 70 白金卡兌換：42,100點

A823270 金普卡兌換：42,300點

🐈 貓，面對孤獨

貓，在客廳

孤獨和客廳一樣高大；

牠走進臥房，孤獨變小了些；

牠走進書房，孤獨又變小了；

牠走進廚房，孤獨又變得更小了⋯⋯

貓，在廚房

找到一條塑膠魚，牠和塑膠魚玩；

牠在書房，找到一隻布老鼠，

牠和布老鼠玩；

牠在臥房，找到自己的影子，

牠和自己的影子玩⋯⋯

主人不在家，貓，擁有一屋子的孤獨；

天暗以前，牠已經習慣坐在客廳的窗台上，

牠要面對比客廳

更高更大的，另一個孤獨。

詩外玄想

貓的孤獨感，會隨著空間的大小而改變嗎？我是貓的心理學家，答案在我心裡。

偷窺的貓臉

偷窺的貓臉，被我看到

牠沒有發出任何聲音；

只一臉無辜，仍然端坐在窗台

其實，我也不是有意的

看就看嘛，其實也沒什麼關係

我只不過是例行澆澆花

整理整理盆栽，偶爾也瞄一下下

左右鄰居的窗台；當然

我是不會像牠，一直盯著某一個點

這隻鄰居的虎斑貓，牠習慣輪流

坐在兩座不同方位的窗台上；

一座可以看到我，在沙發上背對著牠閱讀什麼

一座可以看到我在陽台上，飄浮移動弄弄花兒

所以，我也很容易不小心，就看到牠

白天，牠的主人是不在的

牠要看我多久，就看多久

我是不會在意的

我不也是，經常，有事沒事

就學學牠；瞄牠一眼

偷窺的貓臉。

詩外玄想

彷彿我真的是貓的心理學家；其實，我跟牠一樣好奇。

守着屁空看到孤獨；
守着黑，看到寂寞。

貓，把時間还給我，
牠只喜欢牠自己

KERAMAG F1系列，獲 "red dot" 設計獎！

時尚圈的流行標竿Design By F.A Porsche
當年與衛浴KERAMAG攜手合作，將會創造出
品？二○○五年法蘭克福ISH展首次公開展示的KER
列，以" red dot" 設計獎的榮譽告訴您這個答案
在ISH展中大放異彩的F1系列，是由保時捷PORSCH
特地跨刀為KERAMAG設計的頂級衛浴代表作；其介
的設計概念與造型
KERAMAG以五十一年來對衛浴的堅持，與F
技時尚感，有別於一般衛浴設計以機能與結構
點的性狂，F1的設計團隊是基於使用者"個人化、
以使用者為中心的設計理念，創造出最適合您使用
經驗來創造新一代衛浴的里程
「整體浴室」的設計概念，讓F1系列從各式面盆、
盆到浴缸、配件，都是完美的整體性設計。KERAMI
浴室" 概念應用於F1系列上，
不但在沒有拉抬價格的情況下，採用永久抗菌防
Tect專利釉面、面盆無溢水孔的Clou排水專利設計
沖水設備。還提供60、65、75三種不同寬度尺寸
符合各種空間的需求，其中，獨特設計更需考慮到
上木頭的圓弧腳柱，設計成"Freestanding" 獨立立
它可以仿若立體雕塑般裝置於房間內的任一角落，創
概念的" Freestanding" 面盆設計理念，也讓到到No
Westfalia設計中心的評委們青睞，獲得2005年
設計獎
F1品味獨創的家具與浴櫃系列，裝設有圓弧腳的
有高櫃(包括有透與無櫃的設計)
頂的材質皆選用Kera Tect釉面處理，同系列的浴缸
以和同系列的實木底座浴缸成為絕配。另F1系列中有
圓弧腳、半腳、長腳的支柱以及浴櫃搭配，使

貓與時間

守著夜，看到孤獨；
守著黑，看到寂寞。

貓把時間還給時間；
牠只喜歡牠自己。

 詩外玄想

孤獨和寂寞常常在一起，容易掉進沉思的漩渦裡；
我喜歡貓靜靜的坐著，也喜歡自己靜靜的坐著……

🐱 我心中的貓

牠是安靜的。你看不見

牠；但我感覺得到

我，也是

安靜的；

你，可以看得到

我，喜歡牠

喜歡靜靜的，看著牠

牠，是不是

也喜歡

我，喜歡靜靜的，看著我

我，喜歡牠

就當牠是

交心的朋友；

牠，高貴

牠，優雅

牠，莫名其妙

不，

大多的時候，

都愛理，不理

那也無所謂，只要我愛

牠，就可以

靜靜的，看著

牠，靜靜的

和牠用心，交談

不必發出聲音

沒有聲音。

牠，是看不見的

只要我一想到牠，

牠，就出現

在我心裡，安安靜靜的看著

牠自己；

也或許，牠正在看

我，我想

我心中的，貓

 詩外玄想

你會折磨你自己嗎？如果能夠放下，就放下吧！

鋼琴上的貓

鋼琴上

背對著我的，那隻波斯貓

牠面向窗外

窗外對著天空之外；

我不知道牠知不知道，有沒有我之外？

我靜靜凝睇，牠拱起的背

無關魚不魚，雲不雲，風不風，雨不雨

牠可以想得更久更遠，我也可以什麼都不想

就停在牠背上，繼續凝睇

無關雲不雲，雨不雨，風不風，魚不魚……

想過很久，牠還是一隻波斯貓

牠有權可以不必理會我

我也有權可以，繼續偵測牠

知不知道有我之外，還有我

之外，都不是問題

也都可能是；問題

背對著我的，那隻波斯貓

坐在鋼琴上，一動也不動

窗外的，雲流過了又回來

窗外的，風來過了又走了

一隻沒有動作的波斯貓，

牠究竟還要告訴我

什麼？

什麼是生命？

什麼是愛情？

什麼是快樂？

什麼是悲傷或幸福？

牠，就是這樣，靜靜的坐著

 詩外玄想

有很多問題，你會回答嗎？別問貓，只問你自己——

是・不是・是不是

(1) 貓是哲學家

貓是哲學家。

要是你想學牠，

你就乖乖坐在窗台；

千萬別吵醒牠。

(2) 貓不是哲學家

貓不是哲學家。

你以為坐在窗台

發呆，就是最有智慧的人

那你一定是

吃了太多牛排。

(3) 貓是不是哲學家？

貓是不是哲學家？

你先問你自己──

為什麼要問這個問題？

我想變成一隻貓。

 詩外玄想

複雜的人生，不是只有「是」、「不是」、「是不是」的問題
那麼單純而已！

關於貓的詩（一）

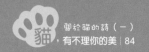

博覽場...的小縮影
在長久手會場，日本館以竹子...結構，創造出一個上百公尺曲面牆
體，孔隙穿透的外牆面，有助空氣對流並減低日射產生的熱能。名古屋館「大...
高達四十米的塔狀結構，外牆以多間隙的薄木片引導空氣自然對流以達到節能的...
內旋轉的彩繪玻璃天花板創造出世界最大的萬花筒，帶給人超乎想像的視覺驚...

西班牙國家館運用色彩鮮艷的六邊形陶瓷框格構築外牆面，不但層疊出清晰的...
性，且兼具有百葉遮光效果。中央展區容納各型活動，各展示區內以放大模型呈...
餐飲與文化的多元性格。法國國家館放映都市發展過程的過渡消費與環境污染...
企業LV贊助結晶體開發的純白版狀建築外材，及半透明塑膠片鑲嵌成的如...
造物。義大利國家館以光、玻璃、水呈現義大利的空間美...國家館...製...
街屋剪影與水岸碼頭，將荷蘭人與水共存的生活智慧透...影在代...水...
板上。瑞士國家館將展場模擬成瑞士山區的景緻，參...透過登...的探...體...

🐱 我是貓，不

我是貓，

不！我是詩人，

我在想一條魚

如何游進我的腦海裡？

我是貓，

不！我是哲學家，

我在想游進我腦海裡的

那條魚，牠為什麼要游進我的腦海裡？

我是貓，

不！我是窮極無聊的人，

我在想：我為什麼盡想了這些

窮極無聊的事情？

 詩外玄想

如果我是貓，我就什麼都不想了！偏偏我是愛胡思亂想！

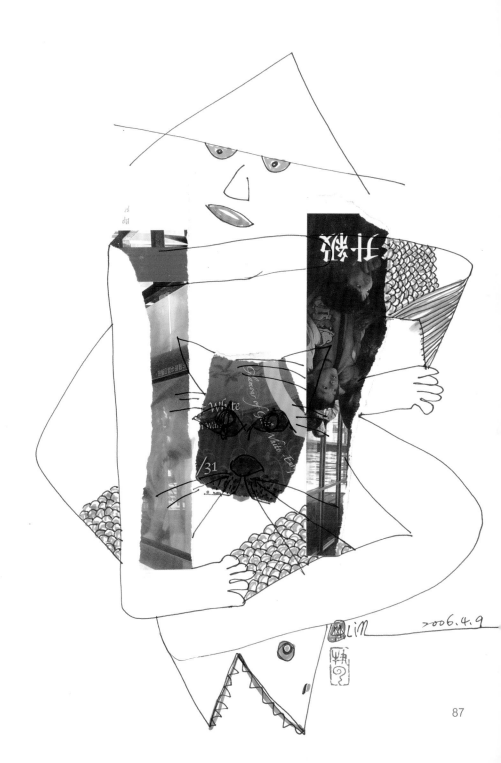

 ## 貓鼻子的歪理

貓有貓的想法，是很自然很合理的想法；

你要是想以你的想法做為牠的想法，

那牠和牠們貓族的每一位成員都一定會跟你說：

你的想法不是我們的想法，我們的想法是

我們自己的想法——

自古以來，自從有了貓的時候開始

我們貓族就有我們貓的自己的想法；

我們的想法是：和老鼠的想法不一樣

和你們人類的想法，也是絕對的不同

不同的不同的不同……

你說貓喜歡吃魚，我們當然不會反對；

不過，如果你說貓喜歡捉老鼠

那就未必正確！你們人類喜歡好吃懶做

關於這一點，我們貓族和你們人類的天性差不多

我們暫時不便批評；我們要保持有一定的風度

說漂亮一點，我們要維持有教養有體面；

我們必須整天安安靜靜，坐在窗台上

坐成一個哲學家；

看看你們，自認為聰明的人類

到底有什麼寶貴意見？

如果你們認為沒有聲音的貓，就是好貓

那麼生病的貓，死了的貓，

躲在陰陰暗暗的牆角兒，一動也不動的貓

是不是，該不該給牠一個好好的官銜？

叫做不聲不響無聲無息部，部長？

最好的是，應該叫你們人類快快把心掏出來

現在就放在我面前，我的嘴邊，我的胃裡面

我是吃定你們的，你們是我吃定了的；

現在你們應該知道：

我的想法就是代表我們貓族的全體想法，

你們人類應該同意，我的想法就是合理的想法

詩外玄想

我尊重貓的歪理；人不得強人所難，也不得強貓所難。

2006.2.28

🐱 一隻可以叫春的母貓

弓背的貓，已無思想負擔。

慵懶，伸腰

與浪不浪漫無關；

如果需要，最好是

有一條魚

一盤乾爽的拌飯

不要挑剔，也無

選擇之必要。

想想，曾經擁有的

一隻黑貓、白貓、灰貓、花貓

不黑不白不灰不花

我養過、愛過、也恨過……

一隻母貓，牠弓起腰

弓著背；叫吧叫吧

今天這個晚上，你要叫就放心的叫

──大聲的，叫吧！叫吧！

你是一隻母貓，一隻可以叫春的母貓。

 詩外玄想

叫吧！有需要就叫，叫出心中的聲音，可別吵到人家。

A鑲鑽手鐲腕錶　由瑞典著名設計師薇薇安朵蘭所創造的Vivianna手鐲腕錶推出全新鑲鑽錶款，鈕
進一步演繹Vivianna手鐲腕錶清淡典雅、潔淨純樸的風格，也保留了Vivianna最初設計手錶的理念：

我和我的貓的日記

春天，天天下雨

有什麼辦法，讓牠安份守己？

打開書桌上的檯燈，

陪我閱讀；我的貓

跳上來，用長長的尾巴

抱著一雙規矩立正的腳

坐在書桌上，也裝著在看書

我是不想理牠；

一目十行，不！字斟句酌，想讀點什麼

雨是夠細夠密夠長夠纏綿的了

把原先預約的太陽，困在九重天上；

雲深，不知處

天天下雨的春天，

有什麼辦法，讓牠

好好待我？

書桌上，一疊新書壓著舊書

已經好長一段時日了

我和我的貓——

我和我的貓，今天夠特別

特別安份守己；

共同打發一個，不怎麼滿意的

滴滴答答……

的下午

 詩外玄想

閒舒的心情，閒舒的想法，讓它陪你度過每一個無聊的
時光。

我是其中的一種

一隻貓可能是一個詩人，一個詩人

也可能是一隻貓；

一隻貓可能是一個女人，一個女人

也可能是一隻貓；

一隻貓可能是一個兒童，一個兒童

也可能是一隻貓；

一隻貓可能是一個哲學家，一個哲學家

也可能是一隻貓；

這個世界有很多可能，但很多可能當中，也有很

多不可能；

我是其中的一種──不可能。

詩外玄想

審視自己，洞察人生；就學學貓的無所事事吧！

你的这秋不像曲
貓。我不用把
屁股給你看
吧！

九心2   拜拜青心

貓，我的愛人有人不愛她

——喜歡她的莫名所以；不喜歡她的，也莫名所以……

我打開的書，每一頁，每一個字

都習慣

習慣回過頭來，用心，用思

讀我，讀我的心事

一種，不為人知的曾經有過的感覺的感覺，她

——

她的名字叫貓，也叫詩；

除了詩，她就不再叫別的名字

詩，就是她的名字

為了擁有一個別人不可盜用的

名字，她盡力維護

一定的筆畫

一定的筆順

可有誰知道，你要怎麼寫她——

也許不用寫，她

她就有她的樣子；樣子

有她的神氣，有她的神韻

不一定人人都會

喜歡，但也可以確定

有人會喜歡；會

喜歡她的莫名所以，不喜歡她的，也

也莫名所以……

也，也還有，也不一定只有喜歡和不喜歡，那是

很不喜歡的說法，

的一種──

不喜歡！

詩外玄想

詩是一種心情，一種想法，一種打發無聊時光的一種好方法；
貓最懂得善用這種方法。

 夜是黑貓的影子

一隻小貓

第一次自己走進夜裡，

牠回頭一看，嚇了一大跳

我的影子怎麼不見了！

小黑貓繼續往前走，

牠放心了，說：

啊！我的影子回來了

一下子變成這麼大！

2010.06.18　晚

宜蘭回台北的首都客運上

閱讀大詩02　PG0498

 關於貓的詩（一）：

貓，有不理你的美

作　　　者	林煥彰
責任編輯	黃姣潔
圖文排版	陳佩蓉
封面設計	陳佩蓉

出版策劃	釀出版
製作發行	秀威資訊科技股份有限公司
	114 台北市內湖區瑞光路76巷65號1樓
	電話：+886-2-2796-3638　傳真：+886-2-2796-1377
	服務信箱：service@showwe.com.tw
	http://www.showwe.com.tw
郵政劃撥	19563868　戶名：秀威資訊科技股份有限公司
展售門市	國家書店【松江門市】
	104 台北市中山區松江路209號1樓
	電話：+886-2-2518-0207　傳真：+886-2-2518-0778
網路訂購	秀威網路書店：http://www.bodbooks.com.tw
	國家網路書店：http://www.govbooks.com.tw
法律顧問	毛國樑　律師
總 經 銷	創智文化有限公司
	236 新北市土城區忠承路89號6樓
	電話：+886-2-2268-3489　傳真：+886-2-2269-6560
	博訊書網：http://www.booknews.com.tw

出版日期	2011年4月　BOD一版
定　　價	320元

國家圖書館出版品預行編目

關於貓的詩（一）：貓, 有不理你的美 / 林煥彰圖.文.
-- 一版. --　臺北市：釀出版, 2011.04
　　面；　公分. --（語言文學類；PG0498）
　BOD版
ISBN　978-986-6095-00-9（平裝）

851.486　　　　　　　　　　　　100003073

讀者回函卡

感謝您購買本書，為提升服務品質，請填妥以下資料，將讀者回函卡直接寄回或傳真本公司，收到您的寶貴意見後，我們會收藏記錄及檢討，謝謝！
如您需要了解本公司最新出版書目、購書優惠或企劃活動，歡迎您上網查詢或下載相關資料：http:// www.showwe.com.tw

您購買的書名：＿＿＿＿＿＿＿＿＿＿＿＿＿＿＿＿＿＿＿＿＿＿＿

出生日期：＿＿＿＿＿年＿＿＿＿＿月＿＿＿＿＿日

學歷：□高中 (含) 以下　　□大專　　□研究所 (含) 以上

職業：□製造業　□金融業　□資訊業　□軍警　□傳播業　□自由業
　　　□服務業　□公務員　□教職　　□學生　□家管　　□其它＿＿＿

購書地點：□網路書店　□實體書店　□書展　□郵購　□贈閱　□其他

您從何得知本書的消息？

　□網路書店　□實體書店　□網路搜尋　□電子報　□書訊　□雜誌
　□傳播媒體　□親友推薦　□網站推薦　□部落格　□其他＿＿＿＿＿

您對本書的評價：（請填代號　1.非常滿意　2.滿意　3.尚可　4.再改進）

　封面設計＿＿＿　版面編排＿＿＿　內容＿＿＿　文／譯筆＿＿＿　價格＿＿＿

讀完書後您覺得：

　□很有收穫　□有收穫　□收穫不多　□沒收穫

對我們的建議：＿＿＿＿＿＿＿＿＿＿＿＿＿＿＿＿＿＿＿＿＿＿＿

＿＿＿＿＿＿＿＿＿＿＿＿＿＿＿＿＿＿＿＿＿＿＿＿＿＿＿＿＿＿＿

＿＿＿＿＿＿＿＿＿＿＿＿＿＿＿＿＿＿＿＿＿＿＿＿＿＿＿＿＿＿＿

＿＿＿＿＿＿＿＿＿＿＿＿＿＿＿＿＿＿＿＿＿＿＿＿＿＿＿＿＿＿＿

11466
台北市內湖區瑞光路 76 巷 65 號 1 樓
秀威資訊科技股份有限公司　　　收
BOD 數位出版事業部

....

（請沿線對折寄回，謝謝！）

姓　　名：＿＿＿＿＿＿＿＿　年齡：＿＿＿＿　性別：□女　□男

郵遞區號：□□□□□

地　　址：＿＿＿＿＿＿＿＿＿＿＿＿＿＿＿＿＿＿＿＿

聯絡電話：(日) ＿＿＿＿＿＿＿＿　(夜) ＿＿＿＿＿＿＿＿

E - m a i l：＿＿＿＿＿＿＿＿＿＿＿＿＿＿＿＿＿＿＿＿